© 2021 Sam Roynet
Édition : BoD-Books on Demand,
12-14 rond-point des Champs-Élysées, 75008 Paris
Impression : BoD - Books on Demand, Norderstedt, Allemagne
ISBN : 9782322251391
Dépot légal : juin 2021

Le hameau

Sam Roynet

(Nouvelle)

Pour la fille que j'aime,

Je me tenais devant la maison en admirant les sapins qui se dressaient fièrement face à moi et la route qui descendait dans la campagne tout en quittant le hameau. Je respirais un peu d'air frais tout en pensant à ce que l'avenir allait me réserver. J'étais fort triste. Ma gorge se serrait et mes larmes coulaient. Le soleil se couchait. Un papillon bleu volait non loin de mon visage. Il restait là longtemps à battre des ailes dans tous les sens puis il s'est envolé vers le champ pour rejoindre la forêt.

Le vent s'était levé. J'étais seul ce soir-là. J'étais rentré dans la maison. Il y régnait un silence très perturbant. Surtout à la tombée de la nuit.

Notre maison était grande et vieille. Et le fait d'y rester seul la nuit sans mes parents n'était pas rassurant pour moi. Je me sentais toujours observé et j'avais parfois des bouffées d'air froid. Tous les poils de mon corps s'étaient hérissés et je ne me sentais pas bien ; trop oppressé... Je ne savais pas pourquoi je vivais ça mais chaque fois, la peur m'envahissait et me pétrifiait. La nostalgie s'emparait de mon âme alors que certaines nuits, il m'arrivait de pleurer toutes les larmes de mon corps…

Au moment où je préparais mon repas du soir, j'ai aperçu de la lumière dans la chambre du deuxième étage dans la maison d'en face. J'y ai vu passé une silhouette féminine. C'était la seule chose qui me rassurait. La nuit était tombée. Lorsque j'avais terminé de manger, je me suis levé de table. J'ai voulu contempler la nuit au dehors et c'est là que j'ai vu quelque chose. Une silhouette noire et méconnaissable me surveillait de près lorsque deux yeux jaunes menaçants apparaissaient sur son mystérieux visage. Mon cœur cognait dans ma poitrine à l'instant où j'entendais taper à l'étage du dessus. J'ai sursauté. Je me suis dirigé vers les escaliers pour rejoindre ma chambre et je ressentais à nouveau le froid envahir tout mon corps. J'ai allumé les lampes tout en longeant le long couloir qui se terminait dans l'obscurité.

Quand je suis entré dans ma chambre j'ai allumé la petite lumière sur ma table de nuit avant de fermer toutes celles de la maison. J'ai laissé la porte ouverte et je me suis couché. Je n'arrêtais pas de fixer le noir. J'entendais des bruits de pas qui avançaient vers ma chambre. Je me suis réfugié sous la couette en continuant à regarder. Les pas ralentissaient et quelques secondes plus tard, une horrible tête est apparue dans l'entrebâillement. Le regard était sombre et maléfique et un nez crochu ornait la surface du visage ridé. J'ai senti une odeur épouvantable et comme j'avais peur, je me suis retourné. Juste à côté de moi, un bébé reposait et laissait apparaitre des yeux jaunes de chats perçants. La bouche était entrouverte et du sang s'était écoulé sur le lit. Des taches brunes occupaient le bas de son petit pyjama blanc et une partie de ses pieds semblait avoir été arrachée . Les os dépassaient. Son teint était bleu.

Je me suis réveillé en sursaut. Il pleuvait et l'orage grondait au dehors. Je restais là, silencieux en écoutant la pluie s'écouler sur la fenêtre de ma chambre. Je suis resté longtemps blotti sur moi-même. Je recherchais du réconfort, mais je ne savais pas ce que je voulais exactement. Je devais déménager dans les prochains jours mais le faite de quitter cet endroit ne m'enchantait pas non plus. Car je sentais bien que j'appartenais à quelqu'un. Mais à qui ? Mon cœur battait la nostalgie qui se référait à un amour inconnu. Je me suis mis à pleurer.

-Romain? C'était la voix de ma mère.

-Oui j'arrive, maman…

-Le déjeuner est prêt.

Mes parents m'ont accueilli à la table de la salle à manger. Des œufs et du lard m'attendait dans mon assiette. Mais je n'avais pas beaucoup d'appétit. Je me suis installé la tête reposée sur ma main droite.

-Tout va bien Romain?...

-Non...

-Qu'est-ce qui se passe, mon grand ? a demandé mon père.

-Je ne me sens pas bien... Je me sens... triste et... quitter le hameau me rend encore plus triste... En plus de cela, je n'arrête pas de faire des cauchemars... Je n'arrive pas à me les chasser de la tête... Il y a des choses que je n'arrive pas à comprendre...

Une main s'était posée sur mon épaule ; celle de mon père.

-Viens avec moi... Je dois te parler de quelque chose...

Nous sommes sortis dans le jardin en admirant le soleil matinal.

-Mon fils, un déménagement... je sais ce que ça fait... Tu sais quand j'avais 17 ans comme toi... J'étais aussi à la recherche d'un réconfort... Je ne savais pas vraiment qui j'étais... ni à qui mon cœur appartenait. Et un jour j'ai rencontré une fille. On habitait tous les deux dans le même hameau...

-Celui-ci?

-Non... Il se trouve très loin d'ici... Mais cette fille... je savais que dès le premier regard je suis tombé amoureux d'elle... Un moment j'ai voulu lui parler, nous avions fait connaissance et un jour je lui ai demandé si elle voulait sortir avec moi mais elle ne m'a pas donné de réponse. Mais je savais que son cœur battait pour moi. Je faisais aussi des cauchemars à cette époque, un peu comme toi maintenant...

-Mais papa... cette fille... tu l'as revue?

Mon père a mis un temps pour répondre.

-Non...

J'ai baissé la tête.

-Mais un jour j'ai rencontré ta mère... qui était pour moi, une des plus belles femmes. En te voyant, je sais qu'il y a quelqu'un à qui tu voudrais partager tes sentiments... Mais tu sais Romain, les choses ne sont pas toujours évidentes quand on n'a pas d'autres choix que de prendre une routine différente... au point d'en arriver à une autre vie...

-Et toi, papa? Comment tu l'as pris ? Lorsque tu es parti. Le faite de ne l'avoir jamais revu, qu'est-ce-que ça te fait?...

-J'en ai été très malheureux, Romain... Et il m'arrive encore d'être triste parfois...

-Tu ne l'as jamais vraiment oublié, hein ?

-...Non.

Mes larmes ont coulé.

-Et puis chaque nuit, je rêvais d'elle et mes rêves se transformaient parfois en cauchemars. Et souvent, avant d'aller me coucher, il y avait un chat qui me fixait. Il me suivait d'un regard jaune et perçant. Il était noir. Et il avait un collier autour du cou. J'ai voulu voir d'un peu plus près et j'ai vu que ce chat s'appelait Kenry.

-Avait-il l'air mauvais ?

-Pour te dire, fils, je n'en sais rien. Mais en sa présence, je ne me sentais pas rassuré. Je me suis dit qu'il appartenait sûrement à quelqu'un. Mais d'un autre côté, je me disais que non. Pour moi, il venait du fin fond de la forêt, à la recherche de quelque chose... Il avait sûrement un lien avec mes cauchemars et mes rêves les plus doux... Et puis cette forêt,... renferme beaucoup de choses mystérieuses...

Un bruit étrange, long et intense a retentit au-delà du champ. On aurait dit un fantôme...

-Papa... tu crois que moi aussi je pourrais le voir ?

Mon père m'a pris dans ses bras.

-Toi et moi nous ne sommes pas si différents, Romain...

Sur ce, il s'est dirigé vers la maison.

-Mais papa,... qu'est-ce-que tu veux dire ?

Mon père ne s'est pas détourné.

-Papa,... s'il te plaît, ne t'en vas pas... Qu'est-ce que ça veut dire tout ça ? Papa!... Ecoute-moi s'il te plaît...

Alors que le soir a fait son apparition et que mes parents regardaient un film à la télévision, je me suis promené dans le hameau en contemplant les vieilles maisons que j'aimais particulièrement. Le vent soufflait légèrement en cette chaude journée d'été. J'étudiais le paysage tout autour de moi et la vallée qui s'étendait à des kilomètres. Le ciel était rose et le soleil se couchait.

Qu'est-ce qui m'attendait au-delà de cette vallée, loin de ce hameau où j'ai vécu toute ma vie ? Je me sentais tellement bouleversé que mon cœur battait vite. Il régnait un triste silence dehors. Les amis que j'ai connus auparavant ont tous choisi une route différente. Je suis le seul de la bande qui est resté. C'était tellement merveilleux, les moments que j'ai passé en leur compagnie. Mais toute cette histoire n'est plus qu'une larme de tristesse enrobée de souvenirs.

J'ai suivi la vieille route jusqu'à la grande maison qui se trouvait pas loin de chez moi. Une grande grille de fer noir me privait d'entrée. Mais juste derrière la grille, Une magnifique jeune fille me contemplait de son regard vert nature. Elle était assise sur les marches de la porte d'entrée. Elle était habillée d'un short en jean court avec des baskets blanches et son T-shirt blanc à courte manches qui était orné d'un papillon de la même couleur que celui que j'avais vu dans mon rêve. Elle avait de longs cheveux châtains et elle m'admirait, la tête reposée dans sa main gauche. Son visage était d'une douce beauté sans relâche. Mais comme elle avait l'air triste!...

Je me trouvais à quelques mètres de la grille et je ne pouvais m'empêcher de bégayer en lâchant un simple : "B… bonjour…"

La fille a bâti des paupières sans me répondre. Mon cœur cognait tellement que j'avais l'impression qu'il allait exploser.

-Co… comment tu t'appelles ?

Elle m'a souri. Mais le sourire qu'elle m'a adressé en tant que fille simple exprimait énormément de mélancolie.

Je voulais absolument entrer dans la propriété pour pouvoir la saluer mais je ne pouvais pas. Alors je lui ai juste répondu : *"Je m'appelle Romain. Je n'habite pas loin. J'espère qu'on se reverra."* J'ai rejoint ma maison en rejoignant le jardin. Je me suis assis dans l'herbe jusqu'à la tombée de la nuit et c'est là que je l'ai vu… Le chat. Il était assis au pied d'un arbre et il me fixait de ses yeux jaunes perçants. J'ai reculé brusquement en agrippant mon cœur. C'était exactement le même chat que mon père m'avait décrit. Curieusement, je me posais la question. Pourquoi état-il là ? Que me voulait-il au juste ?

Je me suis levé en partant un peu vers la gauche et son regard me suivait. Je suis rentré dans la maison aussi vite que j'ai pu.

Mes parents dormaient déjà. Je suis monté vers ma chambre en tremblant de tous mes membres. Les lumières étaient éteintes et j'ai ouvert la fenêtre et par chance, j'ai reconnu la silhouette de la jeune fille provenant de la grande maison d'en face.

J'ai regardé discrètement lorsqu'elle a tiré les rideaux pour laisser voir sa silhouette. Elle était nue. Elle a mis ses cheveux en arrière en se détournant puis elle s'est retournée à la fenêtre. Je voyais ses seins. Ses seins étaient si magnifiques que mon cœur cognait encore plus fort. Et ses cheveux. Ils étaient un peu ondulés. Les mains reposées sur l'appui, la tête relevée en arrière, elle contemplait les étoiles d'un air rêveur. Son regard a croisé le mien et je me suis retiré en me précipitant sur mon lit.

Je suis revenu près de la douce chaleur qui berçait mon âme peu de temps après et la fille était toujours là, en me faisant signe de la main, armée d'un grand sourire. Elle me regardait longtemps. Un papillon bleu s'est présenté et s'est posé sur son doigt. Elle l'a tendu vers moi. Le spécimen a déployé ses ailes et a volé jusqu'à moi. Il est resté là, les ailes grandes ouvertes et qui brillaient d'une lueur étoilée dans la nuit qui semblait peu rassurante. Le papillon s'est envolé très loin et je me suis aperçu que la fille n'était plus là...

Pour la première fois depuis longtemps, je me sentais pleinement heureux. Un sourire s'est dessiné sur mon visage. Grâce à cette fille, j'en avais presque oublié l'histoire du chat et du reste... C'était pour moi un tendre réconfort empli de douceur et de bien-être... Et je me suis endormi paisiblement.

J'avais quitté la maison et en rejoignant la petite route, j'ai entendu quelque chose bouger dans l'obscurité. Je suis resté figé, tremblant de peur pendant que la chose se rapprochait. Mais par mon plus grand soulagement, j'ai réalisé qu'il ne s'agissait que de la fille de la maison d'en face.

Elle a mis son doigt sur la bouche pour faire signe de silence. Elle s'est rapprochée de moi, le regard plongé dans le mien, en me prenant la main. Elle m'a fait signe de la suivre. Elle était mon seul guide.

Nous sommes allés dans la forêt qui descendait en contrebas, derrière les barbelés qui la séparait de la route.

Au fur et à mesure que nous marchions, nous étions tombés sur un ruisseau. La jeune fille s'est agenouillée au bord avant de s'assoir. Je me suis mis à côté d'elle. La prunelle de mes yeux m'a attiré vers son corps chaud et réconfortant. Elle me caressait les cheveux et le visage. C'est alors qu'un bruit s'est fait entendre loin derrière nous.

Une main crochue et horriblement décharnée est apparue en voulant me broyer les os. Je ne pouvais plus respirer alors que devant moi un esprit couvert de sang avec la mâchoire pendante et des yeux jaunes de chats me fixait. La tête était penchée du côté droit et me montrait ses dents pourries et pointues.

Je me suis réveillé en sursaut, le cœur battant la mort et le souffle court. Quand j'ai retrouvé mon calme, je suis sorti de la maison et j'ai marché jusqu'à la propriété interdite. Un miaulement a perturbé le silence. En me retournant, j'ai vu le chat, qui restait assis, là, en plein milieu de la route.

Il a exprimé un grognement qui montait de plus en plus fort au point de me percer les tympans. Il me fixait tout autant.

Je me suis approché de lui, très lentement. J'ai voulu lui tendre une caresse et il s'est laissé faire. Il s'est blotti contre moi et a posé sa patte sur l'un de mes poignets. Son regard s'est plongé dans le mien. On aurait dit qu'il brillait dans les étoiles de la nuit. Je suis resté de longues minutes en sa compagnie. J'ai relâché son étreinte au moment où j'ai entendu un son grave et caverneux depuis la forêt au-delà-du champ. Le chat s'est remis à marcher jusqu'aux barbelés. Il a jeté un dernier regard sur moi et s'en est allé dans la forêt voisine.

La jeune fille n'était pas dehors ; a supposé qu'elle dormait.

Je suis revenu dans mon jardin. Assis dans l'herbe, je regardais les étoiles en me posant mille et une questions : *"Qu'y a-t-il au-delà de notre existence ?"*

-ça va Romain ?

Je me suis retourné.

-Papa ? Qu'est-ce que tu fais ici ?

-Tu vois, je me doutais bien que tu étais assis là à contempler les étoiles d'un air curieux. Tu te demandes sûrement ce que tu vas devenir en quittant le hameau en sachant, bien sûr, que le départ est proche...

-Il y a quelque chose qui me retient ici, papa. Et le faite de partir ne m'aidera pas à passer à autre chose...

-Tu l'as rencontré n'est-ce pas?

J'ai mis du temps à répondre et j'ai hoché la tête.

-Ecoute, mon fils, je comprends très bien que le changement te fait peur. Mais nous n'avons pas le choix. Nous ne pouvons plus rester ici. Parce-que pour t'avouer c'est très dure pour ta mère. Elle souffre énormément ici. Et elle n'a pas envie d'endurer le chagrin encore longtemps...

-Papa, qu'est ce qui s'est vraiment passé ? J'aimerais que tu me le dises maintenant. S'il-te-plaît.

-Ta mère a perdu un bébé dans cette maison, Romain.

Un choc s'est abattu en moi.

-Et, ta grand-mère maternelle était très malade. Elle était condamnée. Ta mère s'en est occupée jusqu'à la naissance de son bébé. Toi tu n'étais pas encore là. Elle était fort attachée à sa mère et dès que notre enfant est venue au monde, ta grand-mère est morte dans son sommeil au milieu de la nuit. C'était une nuit de pleine lune. Je m'en souviens encore. Et je me souviens aussi que ta grand-mère rêvait de choses agréables, mais qui se transformaient régulièrement en cauchemars.

D'ailleurs elle rêvait souvent des choses inexplicables dans ces bois que la plupart des habitants du hameau craignaient le plus. Et dont je ne t'ai jamais parlé... pour tenter de te protéger...

-De quel genre?

Mon père hésitait à continuer son récit.

-Il y a une seule chose en particulier. Une présence...

-Et qu'est-ce que c'est ?

-Quelque chose de mauvais...

-De mauvais ? Mais pourquoi ? Qu'est-ce que c'est exactement ?

-On peut se l'imaginer sous diverses formes. Mais cette présence menace le hameau et nul ne peut y échapper. C'est quelque chose d'horrible et de très dévastateur. Quelque chose de plus grand que nous. Nul ne peut décrire ce phénomène... Les habitants du hameau meurent dans d'atroces souffrances. Ces habitants l'appellent le grand dévoreur.

-Est-ce une âme maléfique ? Ou une créature ?

-Je n'en sais rien, mon fils. Mais je sais que les personnes qui l'ont vue étaient tellement terrorisées qu'elles mourraient parfois suite à la peur et l'angoisse. Il y a une légende qui explique que le seul détail qui pourrait être possible c'est la présence de deux yeux rouges et maléfiques... Mais personne n'est vraiment sûr de croire à cette légende. Les habitants du hameau croient en quelque chose de beaucoup plus grand que ça, de beaucoup plus effrayant, qui dépasse l'existence des pires cauchemars...

-Pourquoi est-ce que tu me racontes tout ça ?

-Pour te mettre en garde et pour ne pas mettre ta vie en danger...

-Et le chat dans tout ça ? Qu'est-ce qu'il a avoir là-dedans ? Est-il gentil ou méchant ?

-Le chat, pour moi, il est à la fois bon et mauvais. Dans un sens il cherche à nous aider afin de nous mettre en garde contre ce phénomène mais dans un autre sens, il le prévient de notre présence.

-C'est pour ça qu'il nous observe ?

-Oui... Ta grand-mère aussi le voyait quand elle a commencé à être malade. Chaque nuit, dans le jardin il l'observait et était à l'origine de ses cauchemars.

-Papa… je ne peux pas partir d'ici… Mon devoir est d'y rester…

-Je sais que tu as toujours eu tendance à vouloir suivre ton cœur plutôt que de faire le mauvais choix… Mais rester ici, est un mauvais choix… C'est pourquoi tu dois venir avec nous et de laisser ce qui te retient là où ça se trouve… Ce n'est pas bon de rester dans la crainte et la solitude, Romain… en oubliant ce qui nous est cher…

Mon père s'est assis à côté de moi et on a contemplé le ciel. Nous sommes restés là longtemps.

La lune était jaune. Elle brillait. La neige tombait dans la forêt qui regorgeait les créatures maléfiques.

Je ne savais pas pourquoi je me trouvais là.

Mais j'ai très vite réalisé que je n'étais pas au bon endroit et je ne me sentais pas en sécurité.

Très loin, je voyais une forme sombre et épaisse bouger entre les arbres. Lorsque je sentais que la forme m'avait repéré elle s'est arrêtée net.

La forêt restait silencieuse. Mon cœur commençait à battre de plus en plus vite pendant que je commençais à trottiner. Je regardais en l'air, les arbres dominants qui se dressaient et qui m'emprisonnaient dans un labyrinthe sans issue. Je me sentais tout petit par rapport à la nature qui m'encerclait.

J'ai entendu un craquement derrière moi. Je me suis retourné mais il n'y avait rien. Tout devint noir. La peur et l'angoisse m'envahissait. Je ne pouvais me fier au moindre repaire. La seule lueur était les yeux rouges qui me fixaient d'une manière qui dépassait le pire de tous les cauchemars pendant que je souffrais atrocement. C'était la pire de toutes les souffrances.

Je me suis réveillé. Petit à petit, je récupérais mon souffle. L'orage grondait et j'entendais la pluie s'écouler calmement. Je savais que mes parents étaient là. Mais j'avais peur.

J'ai mis énormément de temps avant de me rendormir. En même temps je réfléchissais. Mon choix était dur mais j'hésitais encore beaucoup à partir avec mes parents.

Le grand jour était arrivé... Mes parents ont plié bagages et chargeaient déjà une bonne partie dans la voiture. La maison était de plus en plus vide alors que la camionnette des déménageurs engloutissait déjà la majorité des meubles.

J'ai aidé ma mère à porter les objets lourds et lorsque l'on a fait une pause, j'ai vu un morceau de papier plié en quatre sur le pat de la porte d'entrée.

J'ai vu qu'il s'agissait d'une lettre. Et pas de n'importe qui :

Romain,

Je ne sais pas si tu trouveras cela étrange, le fait que je t'écrive. J'espère de tout cœur que tu ne me jugeras pas.

Je suis la fille que tu as rencontrée hier soir. Si je ne te répondais pas, c'est parce que je suis muette.

Tu es pour moi l'un des seuls garçons à m'avoir remarquée, l'un des seuls à m'avoir adressé de la bienveillance à mon égard. Tu es pour moi une des rares perles de bonheur qui a réchauffé mon cœur.

J'ai toujours vécu dans la crainte, la solitude et le désespoir. Mais aujourd'hui je me rends compte que si je partageais ma vie avec toi je me sentirais enfin heureuse.

Heureuse d'avoir quelqu'un qui me comprend, heureuse de partager mes moments de bonheur et de tristesse mais surtout de pouvoir te connaître mieux.

Je n'ai pas de parents ni aucune famille. J'ai même parfois le sentiment d'être en danger mais je ne sais pas comment l'expliquer.

Depuis des années j'ai appris à vivre toute seule sans la moindre présence à mes côtés.

Il n'y a plus personne dans ce hameau désormais à par moi.

Je ne sais pas pourquoi mais je sais que tu es cette personne.

Maintenant c'est à toi de faire ton propre choix. Laisse ton cœur te guider...

Louanne

P.S.: Maintenant tu connais mon prénom.

Ça n'a pas été un choix facile à faire mais alors qu'une bouffée d'amour et de stress envahissait mon corps, à l'instant où nous avions tout embarqué, mon père a pris ma mère dans ses bras afin de lui dire : "*Nous partons*". Et lorsqu'ils ont ouvert les portières de la voiture j'ai enfin craché le morceau.

-Je reste...

-Quoi ? s'est étonné mon père.

-Ma décision est prise, je veux rester ici. Et je ne changerai pas d'avis.

-Non, Romain, non! Tu viens avec nous! S'est alarmé ma mère.

-Maman... Non. Je suis désolé. Je sais que c'est très difficile. Et tu n'es pas au courant de tout. Mais mon devoir est de vivre ma vie ici. Je veux juste suivre mon cœur...

-Romain, comment peux-tu avoir le courage de rester ici alors qu'il y a quelque chose de mieux qui t'attends…
-Ce n'est pas ce que je veux…
-Un jour, quand tu avais six ans, tu m'as dit que quelque chose t'attendait ici… A dit mon père. "Encore maintenant tu m'affirmes que quelque chose te retient… Il y a des années je pensais seulement que tu t'imaginais dans un autre monde, mais depuis quelques temps maintenant, je sais que tu veux rester pour une raison…
Une larme lui coulait le long de la joue.
-Pour elle… Et je n'ai pas envie que tu commettes la même erreur que moi… Tu as le droit de choisir, mon fils…

Il m'a pris l'épaule et m'a serré très fort.

-Je t'aime, papa…

Je pleurais moi aussi. Quant à ma mère, elle se sentait effondrée, envahie par la tristesse.

-Maman… ça va aller… d'accord ?

Je l'ai prise dans mes bras.

-Je t'aime, mon chéri… Je t'aime très fort…

-Moi aussi je t'aime…

Au fur et à mesure de la discussion, les déménageurs ont déchargé toutes mes affaires avant de partir. Tout était devant la maison.

-J'espère que tu seras bien ici. Romain… je voudrais que tu sois heureux…

-Je le serai maman… Parfois ce sera dur sans vous… Mais oui… je serai heureux... Vous êtes tous pour moi...

-Toi aussi, man ange. Pour moi tu es le meilleur...

Les larmes ruisselaient sur les joues de ma mère.

-Je suis très fier de toi mon fils... a affirmé mon père.

Les adieux étaient lourds et très douloureux. Mais mon choix était fait. Je devais rester. Alors que mes parents s'en allaient vers une destination inconnue, loin de cet endroit où la nostalgie se berce dans les brises d'été, je leur ai adressé à tous les deux un baiser de la main.

-Merci...

Lorsque l'on fait le choix de rester, c'est parce que nous sommes envahis par un des plus grands désirs jamais ressentit auparavant.

Tout le monde peut savoir au plus profond de lui-même que son cœur appartient à son propre destin.

Car ce destin, je le connais. Il s'agit de Louanne. Mes parents m'ont toujours promis le meilleur de tout ce que l'on peut imaginer.

Je ne les reverrai peut-être jamais. Mais dans un sens je sais que je vivrais un amour intense auprès de la fille que j'ai rencontrée. Je le sens. J'ai l'ai tout de suite deviné quand elle m'a écrit cette lettre.

Je suis venu la rejoindre près de ma maison. Ses cheveux flottaient dans le vent et lui cachait le visage. Elle m'a tendue la main. Je l'ai prise. Elle m'a souri.

A partir de ce moment-là, en cette fin d'après-midi, nous ne nous sommes plus jamais quitté. Même lorsque notre propre vie était menacée. Nous nous sommes aimés jusqu'à notre mort.

Je me suis réveillé par un matin sombre et pluvieux. Le tonnerre était impressionnant. Louanne dormait encore. En rejoignant la porte d'entrée, je l'ai ouverte pour sentir la fraicheur de la pluie. Malgré l'orage, il faisait calme dehors.

Je suis resté là un moment en pensant au passé, à ce que j'ai vécu avec mes parents.

En remontant dans ma chambre, j'ai vu que Louanne était réveillée. Je l'ai rejointe. Nous nous sommes enlacés. Je l'ai embrassée tendrement. J'étais bien. Et je me sentais pleinement heureux avec la fille que j'aimais.

Nous étions assis sur la barrière qui séparait la route de la forêt voisine. C'était l'automne et Louanne m'avait offert quelque chose. Un magnifique pendentif orné d'un oiseau doré.

Depuis ce jour je n'ai cessé de l'aimer encore plus.

Elle était belle avec ses longs cheveux.

-Tu penses souvent à ta famille, toi ?

Louanne a hoché la tête. Elle m'a serré fort.

-C'est dur sans eux... j'ai dit en pleurant.

-Je ne regrette pas mais... c'est dur...

Quand je m'étais calmé nous passions notre temps à contempler le paysage.

En y repensant j'ai souri. Mes cauchemars se sont estompés. Durant les derniers mois qui se sont écoulées depuis le départ de mes parents, nous avions vécu dans le bonheur et l'angoisse. Certaines nuits, il nous arrivait d'avoir peur quand on avait l'impression que quelque chose d'étrange se produisait.

Quand l'hiver a fait son apparition nous craignions l'étrange encore plus. Mais on vivait avec.

Quelques jours plus tard, par un beau soir de printemps, nous nous sommes assis dans l'herbe. Louanne reposait dans mes bras pendant que je lui caressais son ventre rond.

-Ta mère a perdu un bébé dans cette maison, Romain...

Je me souvenais de ce que mon père m'avait dit plusieurs mois auparavant. Je me souvenais aussi de ce qu'il m'avait raconté par rapport au danger qui nous guettait. *"Peu importe ce qui arrivera"* je me suis dit. Mais je peux vous assurer que nous ne sommes pas morts cette nuit-là. Du moins c'est ce que je laisse supposer.

Le papillon bleu est revenu à nous. Cela faisait longtemps que je ne l'avais pas revu. Kenry, le chat est arrivé et s'est assis à côté de nous en ronronnant. Le papillon s'est envolé vers le ciel pendant que Louanne et moi, nous continuions à nous aimer tendrement.

Les surprises de la vie peuvent être bonnes ou mauvaises mais je sais une chose : "tant que l'on est heureux on n'a pas à se préoccuper du reste... Tant qu'il y a encore de l'espoir pour s'aimer..."

Mon commentaire

Suivre son cœur peut être un choix difficile à faire. Mais lorsque l'on sait à qui on appartient, le choix s'avère moins dure qu'à l'ordinaire.

Même lorsque quelque chose de dangereux se prépare... Rien n'est sûr...

Mais après avoir pris connaissance de certains malheurs dans votre vie, vous saurez par vous-même quel chemin emprunter.

Comme la mère de Romain qui a perdu un bébé à l'époque.

On a tendance à croire que chaque personne vivante dans ce hameau a subi des horreurs et des dommages insurmontables au point d'être parfois confronté à la mort.

Comme le père de Romain l'a expliqué dans l'histoire, une présence plus grande que nous, menace le hameau depuis très longtemps.

Il y a de quoi se poser des questions. Mais quand on aime quelqu'un on ne se soucie pas de ce qu'il peut advenir.

Remerciements

Je tiens à remercier Pauline Bach et Damien Bonzom Pour la réalisation des mises en pages de la couverture et du résumé. Je souhaite qu'ils poursuivent leurs rêves et qu'ils continuent à atteindre leurs objectifs.

Sam Roynet